DE NIEUWE CLUB

Andere boeken van Gerard van Gemert bij Clavis

In de serie 'De Voetbalgoden'

Gevecht om de cup
Gevaarlijk spel
Schijnbeweging
Blessuretijd
Kopsterk

In de serie 'De Hockeytweeling'

De verdwenen stick
Hoog spel

In de serie 'Allsports Academie'

Valse start

GERARD VAN GEMERT
DE NIEUWE CLUB
MET ILLUSTRATIES VAN MARK JANSSEN

Clavis

Gerard van Gemert
De nieuwe club
© 2009 Clavis Uitgeverij, Hasselt – Amsterdam
Omslagontwerp: Studio Clavis
Illustraties: Mark Janssen
Trefw.: voetbal, verhuizen, jonge poesjes
NUR 282
ISBN 978 90 448 1120 9
D/2009/4124/093
Alle rechten voorbehouden.

www.clavisbooks.com

Dit boek is gedrukt op papier met een certificaat
van de Forest Stewardship Council,
die verantwoord bosbeheer stimuleert.

Mixed Sources
Productgroep uit goed beheerde bossen
en andere gecontroleerde bronnen
www.fsc.org Cert no. SCS-COC-001256
© 1996 Forest Stewardship Council

HOOFDSTUK 1. AFSCHEID

'Omdat Kief er vandaag voor het laatst is, doen we de hele training een partijtje,' zei Steven.

De jongens van de F2 van FC Worssel begonnen te juichen. Steven was een strenge trainer en vaak moesten ze moeilijke oefeningen doen. 'Daar worden jullie alleen maar beter van,' zei hij dan. En alleen als ze heel goed hun best hadden gedaan, speelden ze aan het einde van de training een partijtje.

Daryon, de aanvoerder van de F2, liep naar Daan toe en sloeg hem op zijn schouders. 'Bedankt, Kief. Dankzij jou doen we de hele training een partijtje.'

Daan glimlachte, maar eigenlijk was hij niet blij. Hij was er vandaag voor het laatst bij omdat hij met zijn vader, moeder en zus ging verhuizen naar Almen aan den IJssel. Vandaag hadden zijn vader en moeder alle spullen naar het nieuwe huis gebracht. Een grote vrachtwagen en twee sterke mannen van een verhuisbedrijf hadden daarbij geholpen.

Daan moest een dag bij oma blijven en daar vannacht ook slapen.

Morgenochtend zou papa hem komen halen en zou hij meteen naar zijn nieuwe school gaan. Daan vond er niets aan.

'Jij mag samen met Daryon de ploegen kiezen, Kief,' zei Steven. 'Jij eerst.'

Daan koos Simon, daarna Olivier en tot slot Rafael. Er waren acht jongens, dus ze deden vier tegen vier. Daan speelde erg goed en scoorde veel. Hij was een van de besten van de F2 en kon erg hard schieten en scoorde daardoor veel. Hierom, en omdat Daans achternaam Kiefsma was, noemden zijn teamgenoten hem Kief de goaltjesdief. Als hij op doel schoot, dan deed hun keeper vaak zijn handen voor zijn gezicht om zich te beschermen.

Daan had nu de bal en speelde deze naar Olivier. Die ging een tegenstander voorbij en probeerde de bal weer terug te spelen naar Daan. Dat lukte niet helemaal, want een tegenstander blokkeerde de bal. Hierdoor ging de bal door de lucht, maar hij kwam toch bij Daan terecht. Hij stond nog best ver van het doel af, maar de bal kwam met een mooie boog op hem af. Daan besloot toch op doel te schieten. Hij raakte de bal vol op zijn wreef en als een streep ging hij richting het doel. Eerst leek het of de bal naast zou gaan, maar er zat effect aan en daardoor draaide hij naar binnen. Via de binnenkant van de paal ketste de bal het doel in.

'Schitterend doelpunt, Kief,' zei Steven. 'We zullen de goaltjesdief straks missen, jongens.'

Daan zou hen ook gaan missen. Hij hoopte dat hij straks in Almen aan den IJssel ook in een leuk team zou komen.

Na de training, toen Daan door oma werd opgehaald, nam hij afscheid van zijn teamgenoten. 'Kom je nog wel een keer kijken, Kief?' vroeg Daryon.

'Tuurlijk,' antwoordde Daan. 'Als ik een keer bij oma logeer. Toch, oma?'

'Logeren mag altijd,' zei oma. 'En dan komen we ze-ker kijken.'

Samen met oma pakte Daan thuis zijn spullen voor de volgende dag in. Papa zou hem vroeg komen ophalen, dus het was handig als hij voor het slapen alle spullen klaar had staan. Oma zou 's avonds nog zijn trainingsspullen wassen. 'Dan hoeft mama dat niet meer te doen,' zei ze.

Daan had nieuwe voetbalkleren gekregen voor in Almen aan den IJssel. Hij ging bij VV Almia spelen en die hadden weer andere shirts en broeken dan FC Worssel. Oma was welterusten komen zeggen, maar Daan kon niet slapen. Hij was veel te zenuwachtig voor morgen. Een nieuwe klas en 's avonds moest hij meteen al trainen bij zijn nieuwe club. Bij FC Worssel trainde hij op dinsdag en bij VV Almia op woensdag. Dat was wel weer leuk, want nu trainde hij deze week twee keer. Ik lijk wel een profvoetballer, dacht Daan. Dat zou mooi zijn, als ik later profvoetballer zou kunnen worden. Hij dacht daar verder over na en al snel viel hij in slaap.

HOOFDSTUK 2. NIEUWE KLAS

De juf sloeg haar arm om Daan heen en ging voor de klas staan. 'Dit is Daan,' zei ze. 'Hij komt bij ons in de klas.' Ze liet Daan los en schreef zijn naam met grote letters op het bord. DAAN, stond er.

'Dat rijmt op kraan,' riep Remy, die achter in de klas zat.

De juf glimlachte, maar zei niets.

'Wat een domme naam,' zei Remy weer.

Daan bloosde. Hij stond voor het eerst in zijn nieuwe klas en schaamde zich omdat hij werd geplaagd.

'Ophouden, Remy,' zei de juf streng. 'Ik vind het toevallig wel een mooie naam.'

'Oeh, Daan is nu al het lievelingetje van de juf,' ging Remy verder.

De juf was het zat. 'Ga de klas maar uit, Remy,' zei de juf. 'Denk maar even na over wat je zojuist allemaal gezegd hebt.'

Remy stond op en liep naar de gang. Daar stond een bankje waar de kinderen op moesten zitten die de klas uit gestuurd werden. Daar konden ze nadenken over wat ze verkeerd gedaan hadden. Vijf minuten later werden ze dan door de juf weer de klas in geroepen.

'Ga maar naast Susan zitten, Daan,' zei de juf nadat Remy de deur achter zich dichtgedaan had. Ze wees naar een meisje dat op de tweede rij zat. Haar arm zat in het verband. Naast haar was nog een plaats vrij.

Daan liep naar haar toe en ging zitten. Hij keek het meisje even aan en ze glimlachte naar hem. Daan glimlachte ook naar haar en keek meteen weer voor zich.

De juf begon met de les.

Ze moesten eerst rekenen en daarna vertelde ze een verhaal over geschiedenis. Daan vond dat de juf mooi kon vertellen.

Tijdens de ochtendpauze liep Daan helemaal alleen over het schoolplein. Een paar jongens waren aan het voetballen. Bij een bankje waren meisjes aan het touwtjespringen en weer ergens anders waren ze aan het knikkeren. Daan slenterde over het schoolplein en voelde zich erg alleen. Niemand kwam naar hem toe om wat tegen hem te zeggen of om te vragen of hij mee wilde spelen. Hij zuchtte eens en liep naar de jongens toe die aan het voetballen waren.

'Meedoen?' vroeg hij toen hij bij de jongens was aangekomen.

Een van de jongens was Remy. Hij keek naar Daan en schudde zijn hoofd. 'Dan wordt het vier tegen drie en dat is niet eerlijk,' zei hij.

Daan begreep het.

Hij ging op de grond zitten en keek hoe zijn nieuwe klasgenoten voetbalden. Jammer dat hij niet mee mocht doen.

'Waarom doe je niet mee?' hoorde Daan ineens naast zich. Toen hij opzij keek, zag hij dat Susan naast hem stond.

'Dan wordt het vier tegen drie,' zei Daan, 'en dat is niet eerlijk.' Hij zag dat Susan weer naar hem lachte, net als in de klas vanochtend. 'Wat is er met je arm?'

Nu lachte Susan niet meer. 'Ik ben vorige week met gym gevallen,' zei ze. 'En nu kan ik niet meespelen met touwtjespringen.' Het klonk erg zielig.

Daan kreeg medelijden met haar. Hij vond haar best aardig en ze zag er ook wel leuk uit.

De bel ging en de pauze was over. Daan stond op en samen met Susan liep hij naar binnen. Daan hoopte dat hij de volgende keer wel mee mocht doen met voetballen.

HOOFDSTUK 3. TRAINEN

Daan was samen met zijn vader, moeder en zusje verhuisd omdat zijn vader nieuw werk had. Daan baalde dat hij al zijn oude vriendjes van school en van voetballen kwijt was. Hier kende hij niemand.

Na school had Daan thuis verteld over wat er in de pauze was gebeurd en dat hij niet mee mocht doen met voetballen.

'Over een tijdje heb je vast weer allemaal nieuwe vriendjes,' had mama gezegd. 'Dat duurt gewoon eventjes.' Maar Daan geloofde daar niets van.

Gelukkig moest hij nu voor het eerst trainen bij zijn nieuwe club. Daar had Daan wel zin in, maar hij vond het ook wel een beetje eng. Dan kwam hij ook bij allemaal jongens en misschien ook meisjes die hij nooit eerder gezien had. En zij speelden waarschijnlijk al heel lang bij elkaar.

Samen met mama liep Daan de kantine van vv Almia in. Er kwam meteen een man op hen aflopen. 'Jij bent vast Daan,' zei de man.

Daan zei niets, maar keek naar mama. Ze legde haar hand op zijn schouder. Dat gaf hem wel een veilig gevoel.

'Klopt,' zei mama. Ze gaf de man een hand en zei haar naam. 'En dit is inderdaad Daan,' zei ze daarna.

De man stak zijn hand uit. 'Dag Daan,' zei hij glimlachend. 'Ik ben Hidde, de trainer en coach van de F5.'

Daan gaf de man een hand, maar was zo verlegen dat hij niets terugzei.

'Kom maar met mij mee,' zei Hidde. 'Dan gaan we nu naar jouw teamgenoten van de F5. Zij zitten al in de kleedkamer.'

Hidde was nog niet zo oud, vond Daan. Hij was in ieder geval een stuk jonger dan zijn vader en moeder. Daan liep achter Hidde aan. In de kleedkamer zaten een stuk of tien kinderen. Daan zag dat er ook drie meisjes in het team zaten. Ze waren hun voetbalschoenen aan het aantrekken en praatten druk met elkaar. Maar toen Hidde met Daan binnenkwam, werd het ineens stil.

'Dit is Daan,' zei Hidde. 'Hij komt bij ons in het team en traint vandaag voor het eerst mee.' Niemand zei iets. 'Zoek maar een plekje,' zei Hidde. 'Ik ben zo weer terug.' Hij draaide zich om en liep de kleedkamer uit.

Daan ging zitten en zette zijn tas op de grond. Hij haalde zijn trainingskleren uit zijn tas en legde ze op de bank naast zich. Daarna deed hij zijn schoenen, T-shirt en broek uit. Sommige jongens begonnen te lachen. Daan stond nu in zijn onderbroek.

'Wat ben jij nou aan het doen, sukkel?' zei een van de jongens.

Daan voelde zich nu al niet meer prettig, maar liet zich niet kennen. 'Ik ben me aan het omkleden,' zei hij.

'Wie neemt er nou trainingskleren mee in een tas,' zei een andere jongen. De andere jongens begonnen weer te lachen.

Snel deed Daan zijn trainingsbroek aan en zijn shirt. Maar de jongens stopten niet met plagen. 'Uit wat voor boerendorp kom jij dan?' zei weer een andere jongen. 'Als het zo warm is als nu, mag je hier gewoon in een korte broek trainen, hoor.' Weer lachten de andere jongens Daan uit.

Daan kon wel huilen. Zo vond hij voetballen helemaal niet leuk. Hij verlangde terug naar FC Worssel, zijn oude club. Daar was het gezellig in de kleedkamer en hadden ze altijd lol. Hij zuchtte diep en knipperde met zijn ogen om te proberen zijn tranen weg te duwen. Het lukte maar half. Snel pakte hij zijn voetbalschoenen uit zijn tas. Zo kon hij naar beneden kijken en zagen de anderen zijn gezicht en dus ook zijn tranen niet. Gelukkig waren de meeste jongens al klaar en verlieten ze een voor een de kleedkamer.

Er bleef alleen nog een meisje over met blond haar. Ze stond voor de spiegel en bond haar lange haren met een

elastiekje in een staart. Via de spiegel keek ze naar Daan.
Heel even keken ze elkaar aan. Daan keek gauw weer naar
beneden en maakte zijn voetbalschoenen vast.

HOOFDSTUK 4. MELISSA

'Ik heet Melissa,' zei het meisje. 'Let maar niet op die jongens, ze zijn altijd vervelend.'

Daan stond op van de bank in de kleedkamer. 'Ik vind ze niet vervelend, hoor,' sprak hij stoer. Hij vond het fijn dat Melissa tegen hem begon te praten.

'Echt wel,' antwoordde het blonde meisje. 'Je zat bijna te huilen.'

Shit, dacht Daan. Hij was er bijna zeker van geweest dat niemand het gezien had en wist nu even niet wat hij moest zeggen.

'Maar dat geeft niet, hoor,' zei Melissa. 'Als ik net nieuw zou zijn en ze zouden mij plagen, was ik ook gaan huilen.' Ze lachte naar Daan. 'Ga je mee?' Melissa liep naar de deur.

Daan liep achter haar aan en in de gang ging hij naast haar lopen. 'Hebben jullie al wedstrijden gespeeld?' vroeg Daan.

Melissa knikte. 'Drie keer verloren,' antwoordde ze. 'We zijn niet zo goed. Maar de jongens denken dat ze wel goed zijn en geven de meiden er nu de schuld van dat we steeds verliezen.'

'Dat is best flauw,' zei Daan. Nu hij zo naast Melissa

liep, voelde hij zich een beetje raar vanbinnen. En hij vond haar blonde haren erg mooi.

Melissa haalde haar schouders op. 'Het kan me niet schelen.'

Ze kwamen aan bij het veld. Hidde had al pylonen neergezet en ze moesten een paar oefeningen doen. Daan vond het heerlijk en hij kreeg een paar keer een compliment van Hidde dat hij het goed deed.

Nu moesten ze op doel schieten. Daan wist dat hij daar goed in was. Bij FC Worssel noemden ze hem niet voor niets Kief de goaltjesdief. De keeper ging op doel staan. De spelers stonden halverwege het veld en moesten de bal naar Hidde spelen. Die speelde de bal weer terug en dan konden ze op doel schieten. Bijna niemand wist te scoren. Alleen de jongen die gezegd had dat Daan uit een boerendorp kwam, Ismael heette hij, had een doelpunt gemaakt. Nu was Daan aan de beurt.

'Struikel niet over je trainingsbroek,' zei een van de

jongens. Hij zei het zo zacht dat Hidde het niet kon horen. De andere jongens moesten weer lachen.

Daan speelde de bal met de binnenkant van zijn voet naar Hidde. Die schoot de bal weer terug. Daan zette zijn wreef tegen de bal en haalde uit. De bal verdween snoeihard vlak onder de lat in het doel.

'Zozo,' lachte Hidde. 'Jij kunt aardig schieten, of was dit geluk?'

'Tuurlijk was dit geluk,' zei Ismael. Daan zei niets, maar vanbinnen moest hij lachen.

Bij de volgende beurt scoorde Daan weer. En nu waren zijn nieuwe teamgenoten stil, ook Ismael. Melissa niet. 'Mooie bal, Daan. Jij bent echt goed.' Daan voelde zich helemaal trots toen Melissa dat tegen hem zei.

Aan het einde van de training deden ze een partijtje. Daan rende van voren naar achteren en van achteren naar voren om zo veel mogelijk aan de bal te komen. Hij speelde best goed, vond hij zelf, en scoorde zelfs twee keer met een afstandsschot.

In de kleedkamer, na afloop van de training, waren de andere jongens een stuk stiller dan voor de training. Een van de jongens, Boudewijn, gaf Daan zelfs een compliment. 'Je maakte twee mooie doelpunten,' zei hij. Tijdens het partijtje zat hij bij Daan in het team.

'Vind je het gek?' zei Ismael. 'Toen stond Sophie op doel en die kan niet keepen.'

'Ik kan nog altijd beter keepen dan dat jij kunt voetballen,' reageerde Sophie.

'Dat zou je wel willen,' zei Ismael. 'Door jullie verliezen we altijd.'

Nu ging Melissa zich er ook mee bemoeien. 'Er zijn meer jongens dan meisjes in ons team, dus ligt het aan de jongens.' Ze stak haar tong uit naar Ismael.

'En als er helemaal geen meisjes bij ons in het team zouden zitten, hadden we alles gewonnen,' zei Ismael.

Daan vond het maar flauw dat ze elkaar de schuld gaven van het verliezen. Bij FC Worssel verloren ze ook wel eens, maar gaven ze elkaar nooit de schuld.

Melissa wees naar Daan. 'Maar nu hebben we Daan en

dan zul je zien dat we zaterdag winnen. Want hij is echt de beste nu.'

Ismael stond op. 'Niet,' zei hij. 'Ik ben de aanvoerder en dus de beste van het team.'

Daan keek naar Melissa. Ze knipoogde naar hem. Het rare gevoel van eerder die middag zat ineens weer in zijn buik. En hij vond haar blonde haren nog steeds mooi.

HOOFDSTUK 5. VLOOIEN

'Was het trainen leuk?' vroeg papa 's avonds tijdens het eten.

Daan knikte.

'Heb je nog kunnen laten zien waarom je bij FC Worssel Kief de goaltjesdief werd genoemd?'

Daan knikte weer. 'Bij het partijtje heb ik twee keer gescoord en Melissa zei dat ik de beste was.'

'Wie is Melissa,' vroeg Annemarijn, het zusje van Daan.

'Zij zit bij mij in het team,' antwoordde Daan.

'Whoe,' plaagde Annemarijn. 'Daan heeft meisjes in zijn team.'

Daan begon te blozen.

Annemarijn zag het. 'En zo te zien is Daan verliefd op Melissa.'

'Niet,' zei Daan en hij keek boos naar zijn oudere zus. 'Ze zit gewoon bij mij in het team.'

'Niet plagen, Anne,' zei mama.

'En mag je zaterdag al meedoen?' vroeg papa.

'Ja,' zei Daan. 'Dan spelen we tegen Almse Boys F6.'

'Nou, dat wordt spannend,' zei papa. 'Dat is hier in de stad een derby.'

'Een wat?' vroeg Daan.

'Als twee clubs uit dezelfde stad tegen elkaar voetballen, dan noemen ze dat een derby,' legde papa uit. 'vv Almia en Almse Boys komen allebei uit Almen aan den IJssel. En dat soort wedstrijden zijn altijd erg spannend.'

'O,' zei Daan. Hij had nog nooit een derby gespeeld.

Na het eten mocht hij nog even opblijven, maar al snel moest hij naar bed.

'Nou, dat was een drukke dag,' zei mama toen Daan in bed lag. 'Een nieuwe klas en een nieuw voetbalteam. Vond je het leuk?'

Daan knikte. Maar toen mama weg was en hij er nog eens over nadacht, miste hij Worssel toch wel. Daar vond hij het veel leuker dan hier. Alleen Melissa, die vond hij leuker dan alle andere meisjes in Worssel. Maar als hij mocht kiezen, ging hij toch liever weer in Worssel wonen.

De volgende dag op school mocht hij weer niet meedoen met voetballen. De jongens in de klas speelden steeds met elkaar en Daan zat weer op grond te kijken. Hij kon wel zien dat Remy goed kon voetballen. Hij zou straks toch eens proberen om wat aan Remy te vragen.

Susan kwam naast hem staan. 'Hoi,' zei ze.

'Hoi,' antwoordde Daan.

'Mag je weer niet meedoen?' vroeg Susan.

'Ik heb het niet gevraagd,' antwoordde Daan. 'Dus ik weet het niet.' Dat was waar. Hij was bang dat Remy weer nee zou zeggen en had het daarom niet gevraagd. 'Niemand mag met de jongens meedoen met voetballen,' zei ze. 'Wij, de meisjes, hebben het ook weleens gevraagd.'

'Waarom mogen jullie niet meedoen dan?' vroeg Daan.

'Omdat ze zeggen dat wij vlooien hebben,' zei Susan. Ze trok er een raar gezicht bij.

'Vlooien?' vroeg Daan. 'Katten en honden hebben vlooien, maar mensen toch niet?'

'Dat weet ik wel,' zei Susan. 'Maar de meeste meiden hebben een huisdier en daarom zeggen ze het en mogen we niet meedoen.'

'Stom, zeg,' zei Daan.

'De jongens en meisjes bij ons in de klas spelen nooit met elkaar,' zei Susan. 'Volgens mij vinden de jongens dat niet stoer.'

Daan snapte daar niets van. In Worssel speelden ze vaak met zijn allen.

'Wat voor huisdier heb jij?' vroeg hij.

'Een poes,' antwoordde Susan.

Daan wilde nog vragen hoe haar poes heette, maar de bel ging. Daan stond op en langzaam liep hij naar de ingang van de school. Zo zou Remy hem inhalen en kon hij wat vragen. Hij had al een goede vraag in zijn hoofd. Toen Remy hem voorbijliep, ging Daan sneller lopen. 'Jij kunt goed voetballen, zeg.'

'Dat weet ik ook wel,' antwoordde Remy. Het klonk niet aardig.

'Voetbal je ook bij vv Almia?' vroeg Daan door. Hij liet zich niet afschrikken door de onaardige toon van Remy.

'Getver,' antwoordde Remy met een vies gezicht. 'Almia is slecht. Ik speel bij Almse Boys, de beste club van Almen aan den IJssel. Wie zit er nou op Almia?'

Daan gaf niet meteen antwoord en dacht na. Hij moest zaterdag tegen de F6 van Almse Boys voetballen. 'In welk team zit jij?' vroeg hij.

'De F6,' zei Remy. 'Hoezo?'

O-o, dacht Daan. Dan moet ik zaterdag tegen Remy voetballen. 'O, zomaar,' zei Daan.

'Je bent wel erg nieuwsgierig,' vond Remy.

Gelukkig waren ze bij de klas gekomen en hoefde Daan niet meer te antwoorden. Snel zocht hij zijn plaats op.

HOOFDSTUK 6. BIJNA RUZIE

Na school liep Daan naar huis. Toen hij nog in Worssel woonde, ging hij vaak met vriendjes van school voetballen. De meeste jongens die bij hem in het team voetbalden, zaten daar ook bij hem in de klas.

'Dat kwam omdat Worssel een klein dorp is,' had mama uitgelegd. 'Daar wonen niet zoveel mensen, er is maar één voetbalclub en er zijn maar twee scholen. Almen aan den IJssel is een grote stad en daar heb je twee voetbalclubs en veel meer scholen.'

Daan begreep dat wel, maar toch moest hij er erg aan wennen. Met zijn handen in zijn zakken liep hij verder. Als hij thuis was, zou hij zich weer vervelen, omdat hij hier geen vriendjes had om mee te spelen. Hij had niet in de gaten dat er iemand achter hem liep en hem probeerde in te halen. Pas toen het geren vlak bij hem was, hoorde hij het en keek hij om.

'Hoi Daan,' zei Susan (want die was het), met een vrolijk gezicht.

'Hoi,' antwoordde Daan.

'Wil je met mij spelen vanmiddag?' vroeg Susan.

Daan was blij dat hij met iemand kon spelen. 'Ja, leuk.'

'Ga je dan met mij mee naar huis?' vroeg Susan.

Daan knikte. 'Dan breng ik eerst even mijn tas naar huis en zeg ik het tegen mijn moeder,' zei Daan blij.

'Dat is goed,' zei Susan. 'Dan loop ik wel even met je mee. En dan lopen we samen naar mijn huis.'

Naast elkaar liepen ze verder naar Daans huis. Susan praatte de hele tijd. Ze vertelde dat ze op gymnastiek zat en dat ze nog een klein broertje had. Ook vertelde ze over haar poes en dat er binnenkort kleine poesjes zouden komen. Daan vond Susan erg aardig.

Thuis gooide Daan zijn tas in de hal. Mama was niet beneden, dus riep Daan naar boven dat hij bij Susan ging spelen.

'Leuk hoor,' hoorde hij mama van boven roepen. 'Zorg je dat je om vijf uur thuis bent?'

'Ja,' antwoordde Daan en hij liep weer naar buiten, waar Susan op hem stond te wachten. Ze lachte naar hem toen hij naar buiten kwam.

Samen liepen ze naar het huis van Susan. Ze waren net onderweg, toen een paar jongens hen tegemoet fietsten. Daan zag dat het Remy, Benjamin en Dave waren, drie jongens uit hun klas. Toen de jongens bij Daan en Susan waren, stopten ze.

'Zozo,' zei Remy tegen Daan, 'heb jij verkering met die vlooienbal?'

Daan zag dat Susan een rood hoofd kreeg en naar beneden keek. Ze schaamde zich omdat Remy haar 'vlooienbal' noemde. Daan snapte daar niets van. Hij vond juist dat Remy zich moest schamen omdat hij dat zei.

'Doe niet zo raar, Remy,' zei Daan. 'Dat is toch niet aardig om te zeggen.'

'Moet jij een knal,' antwoordde Remy. Daan wist niet wat hij hoorde. Hij had helemaal niets raars gezegd en nu wilde Remy meteen vechten.

'Ja, geef hem een knal, Remy,' zei Dave.

Susan trok Daan aan zijn arm. 'Kom maar, Daan,' zei ze zachtjes. Daan liet zich meetrekken.

Terwijl Daan en Susan wegliepen, lachten Remy en zijn vrienden hen uit. 'Je bent bang, hè?' riep Benjamin. De andere twee jongens lachten weer hard. 'Pas maar op, straks heb jij ook vlooien,' riep Dave ook nog. Daarna fietsten ze weg.

'Wat hebben die nou?' vroeg Daan, terwijl ze verder liepen.

'O, niks,' zei Susan. 'Zo doen ze altijd tegen ons.'

Daan zag dat ze er erg zielig bij keek.

Susan woonde vlak bij Daan. Het was maar drie stra-ten verder. Bij Susan thuis was het erg gezellig. Ze mochten op de computer spelletjes doen. Susan kon maar één arm gebruiken en daarom ging het een beetje moeizaam, maar het lukte wel. Samen met Susans moeder dronken ze limonade en ze kregen er koekjes bij. Daan vergat de tijd, maar gelukkig waarschuwde Susans moeder hem, zodat hij precies om vijf uur thuis was.

HOOFDSTUK 7. SILLY

De volgende ochtend zaten ze in de klas te rekenen. Daan zat nog altijd naast Susan en dat vond hij leuk. De andere jongens in de klas plaagden hem er wel eens mee, maar het werd al iets minder. Ook in de pauzes speelden Daan en Susan nog steeds samen. De andere jongens wilden niet dat Daan met hen mee voetbalde en Susan kon, vanwege haar arm, niet touwtjespringen.

Tijdens het rekenen hoorde Daan dat Susan steeds haar neus ophaalde. Zou ze verkouden zijn? dacht hij. Maar toen hij opzij keek, zag hij dat er steeds tranen over haar wangen liepen. Jemig, dacht Daan, ze zit te huilen.

De juf had het ook gezien en kwam naar Susan toe. Ze boog zich over haar heen. 'Wat is er, Susan?' zei ze.

Susan haalde haar schouders op.

'Wil je het niet tegen me zeggen?' vroeg de juf.

Nu schudde Susan haar hoofd.

'Doet je arm pijn?' vroeg de juf verder.

Weer schudde Susan haar hoofd. 'Silly is weggelopen,' zei ze zachtjes.

'Silly?' vroeg de juf. 'Is dat jouw poes?'

'Ja,' zei Susan.

'Dan ben je eindelijk van die vlooien af,' riep Remy van achter in de klas.

De juf kwam overeind. 'Ga maar even in de gang op de bank zitten, Remy,' zei ze. 'Denk maar even na over wat je zojuist hebt gezegd.'

Remy stond op en liep naar de deur. 'Dat is toch juist goed, geen vlooien meer,' zei hij nog, vlak voordat hij de klas uit liep.

Susan was alweer gekalmeerd en huilde niet meer. De klas ging verder met rekenen.

De juf liep de klas uit en Daan zag dat ze met Remy stond te praten. Daan kon zien dat ze erg boos was. Even later kwam ze samen met Remy weer terug de klas in. Daan kon zien dat Remy gehuild had. Hij had rode ogen.

In de pauze liepen Daan en Susan naast elkaar over het schoolplein. 'Hoe weet je nou dat Silly is weggelopen?' vroeg Daan.

'Silly komt 's avonds altijd naar huis, maar gisteravond niet. En vanochtend was ze er nog steeds niet,' zei Susan.

'Misschien was ze de weg kwijt?' zei Daan.

Susan schoot in de lach. 'Nee, joh, een poes weet altijd de weg naar huis.'

Daan was blij dat hij Susan weer zag lachen.

'Mijn moeder zegt,' ging Susan verder, 'dat Silly misschien kleintjes aan het krijgen is en daarom weggelopen is. Sommige poezen doen dat, die willen hun kleintjes alleen krijgen.'

'O?' antwoordde Daan. 'Dat is ook niet slim.'

'Nee, dat vind ik ook,' antwoordde Susan. 'Dan moet ze helemaal alleen voor de kleine poesjes zorgen. Straks gaan ze dood.' Susan keek weer erg verdrietig.

Daan hoopte dat ze niet weer zou gaan huilen. 'Ach,' zei hij, 'misschien is ze alweer terug als je straks thuis bent.'

Maar dat was niet zo. Daan was met Susan meegelopen uit school.

'Is Silly er al?' vroeg Susan aan haar moeder toen ze binnen waren.

'Nee, schat,' antwoordde haar moeder.

'Jammer,' zei Susan. Ze klonk teleurgesteld.

'Hoi Daan,' zei Susans moeder. 'Wat leuk dat je er weer bent.'

Daan knikte, maar wist niet wat hij moest antwoorden.

'Mogen we weer computerspelletjes doen?' vroeg Susan.

'Nee,' antwoordde haar moeder. 'Het is mooi weer. Ga maar buiten spelen.'

Susan draaide zich naar Daan. 'Zullen we gaan tennissen?' vroeg ze.

'Tennissen?' vroeg Daan. 'Dat kan toch niet met je arm?'

'Mijn linkerarm doet zeer, maar ik sla met rechts,' zei Susan.

'Als jullie gaan tennissen, moet je wel voorzichtig doen,' waarschuwde Susans moeder.

'Doe ik,' antwoordde Susan opgewekt. Ze pakte de houten tennisrackets uit de kast en een klein balletje. 'Kom,' zei ze tegen Daan. 'Dan gaan we op het veldje hierachter spelen.'

'Mooi veldje,' zei Daan toen ze daar aankwamen. Er

stonden twee voetbaldoelen op met stalen netten. 'Wordt hier weleens gevoetbald?' vroeg Daan.

'Niet zo vaak,' antwoordde Susan en ze sloeg de bal naar Daan. Ze moesten even wennen, maar na een tijdje sloegen ze steeds langer naar elkaar over zonder dat de bal de grond raakte. Het lukte hun zelfs om tien keer over te slaan.

Susan en Daan wilden meer halen dan tien en werden steeds fanatieker. Zo erg dat Susan de bal steeds harder sloeg en Daan hem niet meer kon terugslaan. De bal verdween in de bosjes aan de rand van het veldje.

Daan liep de bosjes in en zocht naar de bal. 'Weet jij waar hij ligt?' riep hij naar Susan.

'Iets meer naar de andere kant,' zei zij.

Daan duwde de takken opzij en keek goed of hij de bal zag liggen, maar hij kon hem niet vinden. Maar hij hoorde wel iets. Het leek op heel zacht gepiep. Zou het een muis zijn?

HOOFDSTUK 8. KLEINE POESJES

Daan zocht niet meer naar de bal, maar luisterde waar het gepiep vandaan kwam.

'Heb je hem al?' hoorde hij Susan roepen.

'Nee,' riep Daan terug. Het gepiep werd steeds luider, dus hij liep de goede kant op. Gelukkig was hij niet bang voor muizen. Hij duwde een paar takken opzij. En wat hij toen zag, had hij nog nooit gezien. Op de grond in het mos lag op haar zij een zwarte poes met witte vlekken. Naast haar lagen vijf kleine mormeltjes, die aan haar buik vastzaten. 'Wat voor kleur heeft Silly?' vroeg Daan.

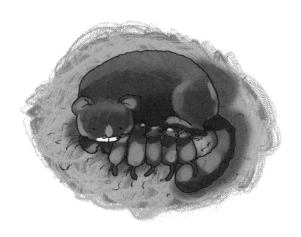

'Wat zeg je nou?' hoorde hij Susan antwoorden.

'Hoe ziet Silly eruit?' vroeg Daan nog een keer.

'Zwart met witte vlekken,' zei Susan. 'Hoe kom je daar nou ineens bij?'

'Ehm … dan denk ik dat ik Silly gevonden heb,' zei Daan. Achteraf wist hij niet meer precies hoe lang het geduurd had, maar Susan stond voor zijn gevoel binnen een seconde naast hem.

'Silly?' zei ze eerst vragend. Maar toen ze daarna hetzelfde zag als Daan, gilde ze: 'SILLY!' Susan wilde Silly aaien.

'Doe maar niet,' zei Daan. Silly lag er zo raar bij met al die kleine poesjes, dat Daan bang was dat een van de kleintjes zou breken als Susan Silly zou aanraken. 'Ga je moeder maar even halen,' zei hij. Susan rende weg en was snel weer terug met haar moeder.

'O domme Silly,' zei Susans moeder toen ze bij de poesjes knielde. Ze aaide Silly over haar koppie. Het beest begon meteen te spinnen.

'Moet ze hier nu blijven liggen?' vroeg Daan.

'Nee,' antwoordde Susans moeder, 'dat is niet goed, want dan worden het wilde poesjes en kunnen ze niet meer in een huis wonen.' Ze raakte alle kleine poesjes even aan en draaide zich toen om naar Susan. 'Halen jullie maar even een doos uit de schuur en een paar oude handdoeken uit de kast in het halletje.'

Susan en Daan renden weg en waren ook zo weer terug.

'Mag ik haar ook aaien?' vroeg Daan.

'Tuurlijk mag dat,' antwoordde Susans moeder.

Voorzichtig aaide Daan het zwarte koppie van de moederpoes. Ze begon weer te spinnen en draaide haar kop steeds naar Daans hand als hij even stopte. Daan vond het geweldig.

Susans moeder legde de handdoeken in de doos en pakte de kleine poesjes een voor een weg bij Silly. Die vond dat niet leuk, want ze begon meteen te miauwen. 'Spring er maar in,' zei Susans moeder tegen Silly. De poes sprong over de rand in de doos, zodat ze bij haar kleintjes was.

'Wil jij helpen de doos naar huis te dragen?' vroeg Susans moeder aan Daan.

Daan knikte en pakte de ene kant van de doos. Susan had de andere kant vast en zo liepen ze naar huis. Thuis zetten ze de doos in de keuken. Af en toe sprong Silly eruit om even wat te gaan eten, maar voor de rest van de tijd bleef ze bij haar kleintjes.

Susan en Daan bleven de rest van de middag, tot Daan naar huis moest, bij de poesjes. 'Je moet thuis maar vragen of je ook een poesje mag,' zei Susans moeder.

'Blijven ze dan niet bij hun moeder?' vroeg Daan.

Susans moeder moest lachen. 'Nee, hoor,' zei ze. 'Na een paar weken mogen ze bij de moeder weg en moeten ze naar een ander huis.'

'Ik zal het eens vragen,' vroeg Daan. Het leek hem wel cool om ook een poes te hebben.

's Avonds vertelde Daan het hele verhaal aan mama. Hij vroeg of hij ook een van de poesjes mocht. Ze moest er even over nadenken en met papa overleggen, had ze geantwoord.

HOOFDSTUK 9. TEGEN REMY

De volgende ochtend bij het ontbijt zei mama dat het mocht. Daan was dolgelukkig en Annemarijn ook. Hij wilde het zo snel mogelijk aan Susan vertellen, maar het was nog te vroeg om naar school te gaan.

'Hoe heet jouw trainer ook alweer?' vroeg papa, die de krant zat te lezen.

'Hidde,' antwoordde Daan met volle mond.

'Hidde de Vries?' vroeg papa.

Dat wist Daan niet. Hij keek naar zijn moeder. 'Ja, klopt,' zei ze. 'Aardige jongen.'

'Hm,' reageerde papa. 'Dat is een goede voetballer, want die gaat naar FC Aetsveld.'

'Echt waar?' vroeg Daan. Annemarijn en Daan sprongen op van hun stoel en liepen naar hun vader toe. FC Aetsveld is de beste club van het land en misschien wel van Europa.

'Kijk maar,' zei papa en hij wees naar een artikel in de krant. Er stond een kleine foto van Hidde bij. *Hidde de Vries naar FC Aetsveld*, stond erboven.

'Cool,' zei Daan. 'Speelt hij dan zondag al mee?'

'Nee,' zei papa. 'Pas vanaf volgend seizoen.'

Daan keek op de klok. Het was bijna tijd om naar school te gaan. Hij pakte zijn schoenen en deed ze aan.

'Ga je nu al?' vroeg mama.

'Ja,' zei Daan. 'Dan kan ik tegen Susan zeggen dat we een poesje mogen.

'Je had toch verkering met Melissa?' plaagde Annemarijn.

Daan zei niets terug, maar keek haar boos aan. Hij pakte zijn jas en tas en liep de deur uit.

'Nou dag,' zei Annemarijn. Maar Daan was al buiten en hoorde haar niet meer.

Op het schoolplein zocht Daan Susan, maar hij zag haar nergens. Het was ook nog vroeg, en er waren nog niet zoveel kinderen. Op een bankje aan de rand van het schoolplein zaten Remy en Dave.

Daan liep naar hen toe. 'Hoi,' zei hij.

De jongens keken op, maar zeiden niets tegen Daan. Ze praatten weer met elkaar verder. 'Hidde de Vries speelt wel bij VV Almia,' zei Remy.

'Nou en?' antwoordde Dave. 'Daarom kan het wel een goede voetballer zijn.'

Remy haalde zijn schouders op. Hij was het daar niet mee eens.

Daan deed een stapje naar voren. 'Hidde de Vries is mijn trainer,' zei hij.

De jongens keken hem tegelijk aan. 'Echt niet,' zei Dave.

'Echt wel,' antwoordde Daan.

'Voetbal jij bij vv Almia?' vroeg Dave. Hij trok er een gezicht bij alsof hij een vies woord zei.

Daan knikte.

'In welk team eigenlijk?' vroeg Remy.

'De F5,' zei Daan.

Remy dacht even na en sprong toen op. 'Shit, man, dan moeten wij morgen tegen jou.'

'Dat klopt,' antwoordde Daan.

Remy deed zijn handen in de lucht en lachte. 'O, dat wordt een makkie.' Hij wilde nog wat zeggen, maar Daan liet zich niet verder uitlachen. Hij draaide zich om en liep weg.

Susan kwam net het schoolplein op lopen. Daan rende naar haar toe. 'Susan, Susan,' zei hij. 'Ik mag een klein poesje van jullie.'

Susan glimlachte. 'Dat is leuk,' antwoordde ze. 'Dan

moet je vanmiddag met mij meegaan en er een uitkiezen.'

'Dat is een goed idee,' zei Daan.

Later in de klas kreeg Daan ineens een goed idee. Hij dacht er nog eens over na en zou het er met Susan over hebben in de pauze. Hij hoopte dat het zou lukken en dat hij daardoor de jongens en meiden van de klas bij elkaar zou brengen.

HOOFDSTUK 10. SUSAN KRIJGT VRIENDINNEN

'Als we nou tegen alle kinderen van de klas zeggen dat jullie kleine poesjes hebben, dan willen ze vast allemaal komen kijken,' zei Daan in de pauze tegen Susan. 'En misschien spelen de jongens en de meisjes daarna wel met elkaar.'

'Denk je?' vroeg Susan. Ze staarde voor zich uit. 'Denk je dat echt?' zei ze met een blij gezicht.

'Ja, dat denk ik echt,' antwoordde Daan.

En het klopte wat Daan zei. De meeste jongens en meisjes van de klas vonden het supertof dat Susan kleine poesjes in huis had. Allemaal wilden ze na school met haar mee naar huis om te gaan kijken. Tussen de middag had Susan het aan haar moeder gevraagd en als ze niet te druk deden, dan mocht het wel.

's Middags vertelde ze het aan haar klasgenoten en na school was het hartstikke gezellig bij Susan thuis. 'Als Silly onrustig wordt, dan moeten jullie weg,' had Susans moeder gezegd.

Maar Silly werd niet onrustig. Ze bleef kalm in de doos liggen en vond het allemaal best. Allemaal aaiden ze de kleintjes en Silly.

Daan had er als eerste een uitgekozen. Hij mocht die nog niet meenemen. De kleintjes moesten een paar weken bij hun moeder blijven. Sommige klasgenoten zeiden dat ze thuis ook gingen vragen of ze er een mochten.

Daan ging als laatste weg. Hij woonde ook het dichtste van allemaal bij Susan.

'Je had gelijk,' zei Susan. 'Nu deden de jongens en de meisjes wel aardig tegen elkaar.'

'Fijn toch,' zei Daan.

'Zeker fijn,' zei Susan en ze glimlachte naar Daan.

'Ik moet gaan,' zei Daan. 'Anders kom ik te laat thuis.' Hij stapte de deur uit en rende met een blij gevoel naar huis.

Daan werd zenuwachtig wakker. Vandaag was zijn eerste wedstrijd met vv Almia. En het was niet zomaar een wedstrijd. Daan merkte dat hij het spannender vond dan toen hij bij fc Worssel speelde. Dat kwam omdat het tegen Almse Boys was en tegen Remy.

Daan keek op zijn wekker. Het was pas halfzeven. En op zaterdag mocht hij niet voor acht uur van zijn kamer af. Hij probeerde weer in slaap te vallen, maar dat lukte niet. Dus deed hij het licht aan en pakte hij een stripboek. Toen hij dat uit had, was het pas tien over halfzeven. Daan zuchtte. Dat schoot niet erg op.

Het duurde erg lang voor het acht uur was. En toen de wekker precies 08:00 aangaf, stapte Daan uit bed. Papa en mama sliepen nog en ook in de slaapkamer van Annemarijn was het nog donker. Zachtjes liep Daan de trap af naar beneden. Daar ging hij televisie kijken.

Iets later kwam mama naar beneden. 'Zo, jij bent vroeg,' zei ze tegen Daan. 'Je bent zeker zenuwachtig?'

Daan knikte.

'Als jij even je tas gaat inpakken, dan maak ik boterhammen voor je,' stelde mama voor.

'Ik heb mijn tas gisteren al ingepakt,' antwoordde Daan.

'En je voetbalschoenen ook al gepoetst?'

Daan knikte weer. 'Ik ga me wel wassen en aankleden,' zei hij. Hij was blij dat hij wat te doen had. Ze moesten pas om elf uur voetballen en Daan vond dat veel te laat. Nu moest hij zo lang wachten voor ze naar het voetbalveld zouden gaan.

Toch werd het vanzelf kwart over tien. Wassen, aankleden en eten zorgden ervoor dat de tijd best snel ging.

Samen met papa en mama fietste Daan naar het voetbalveld. Zijn tas had hij achterop, onder de snelbinder.

Bij de ingang van het complex kwam Daan Remy tegen. Waarschijnlijk stond hij daar op zijn teamgenoten te wachten.

'Hoi,' zei Daan. Hij was benieuwd of Remy nu wel wat terug zou zeggen.

'Hoi,' zei Remy terug.

Dat komt vast omdat papa en mama erbij zijn, dacht Daan. 1-0 voor mij, dacht hij erachteraan. Hij moest er zelf om lachen. Hopelijk zou het straks ook 1-0 worden, maar dan door een echt doelpunt.

HOOFDSTUK 11. DE DERBY

In de kleedkamer was te merken dat het een belangrijke wedstrijd was. De meiden praatten steeds en de jongens waren stil. In de kantine hadden ze het er met Hidde over gehad hoe cool het was dat hij naar FC Aetsveld zou gaan. Hidde had erom gelachen, maar er niet veel over gezegd. 'Als we vandaag winnen, nodig ik jullie volgend seizoen allemaal uit om bij FC Aetsveld te komen kijken,' zei hij. Het hele team was gaan juichen. 'Maar,' had Hidde gezegd, 'vandaag spelen we tegen Almse Boys en dat is superbelangrijk, dus gaan we het niet meer over FC Aetsveld hebben. We praten alleen nog maar over de wedstrijd.'

Het leek Daan wel gaaf om een keer in het grote stadion naar FC Aetsveld te gaan kijken. Dat had hij nog nooit meegemaakt. Maar dan moesten ze eerst winnen vandaag.

'We doen een hele goede warming-up,' zei Hidde toen ze allemaal omgekleed waren. Daan had zijn splinternieuwe tenue aan. Een geel-rood shirt met een rode broek en rood-geel gestreepte sokken. Best mooi en heel anders dan het blauwe shirt van FC Worssel.

Buiten keek Daan goed wat de anderen deden bij de warming-up. Het was niet moeilijk, maar toch ging het wel weer een beetje anders dan bij zijn oude club. Aan de andere kant van het veld zag hij de spelers van Almse Boys. Remy liep ertussen en Daan zag aan de band om zijn arm dat Remy aanvoerder was.

Daan begon als wisselspeler en moest bij Hidde blijven staan. Samen met Mireille, een van de drie meisjes. De wedstrijd was meteen spannend en de ouders moedigden de teams aan.

Daan zag dat Almse Boys sterker was. Steeds was hun team in de buurt van het doel van vv Almia. Remy speelde goed en was heel vaak aan de bal. Nu ook. Hij dribbelde naar voren en schoot op doel. De bal kwam vlak onder de lat en Youri, de keeper van vv Almia, kon er net niet bij. 1-0 voor Almse Boys.

Remy juichte en liep samen met zijn teamgenoten terug naar hun eigen helft.

'Op welke plaats speel jij het liefst, Daan?' vroeg Hidde.

'Ik speel altijd spits,' antwoordde Daan.

'Dat komt zeker omdat je zo hard kunt schieten,' zei Hidde lachend.

'In Worssel noemden ze me Kief de goaltjesdief,' zei Daan trots.

'Dan moet je dat vandaag ook maar zijn,' zei Hidde. Hij liep naar de zijlijn en riep naar Melissa dat ze moest wisselen. Ze rende naar de kant en bij de zijlijn deed ze een high five met Daan. Die vond dat wel grappig.

Heel lang bleef het 1-0 en dat was Daan niet gewend. In Worssel eindigden de wedstrijden vaak met veel doelpunten.

Vlak voor rust had Ismael de bal. Hij stond samen met Daan in de voorhoede. Hij pingelde heel veel en Hidde zei steeds dat hij meer moest overspelen. Daan stond nu ook weer vrij, maar verwachtte niet dat Ismael naar hem zou spelen. 'Hier, Ismael,' riep hij nog. En ook Hidde riep naar de aanvoerder van vv Almia dat Daan vrij stond. Wonder boven wonder speelde Ismael de bal naar Daan. Die keek waar hij stond. Op ongeveer vijftien meter van het doel.

'Niet schieten,' riep Ismael. 'Dat is veel te ver.'

Maar Daan trok zich er niets van aan en schoot zo hard

als hij kon op doel. Snoeihard verdween de bal in de bo-
venhoek. Iedereen was zo verrast door het keiharde schot
dat het heel even stil bleef. Daarna begon iedereen die
voor vv Almia was te juichen. Zelfs Ismael kwam Daan
feliciteren met zijn doelpunt. 'Mooie goal, Daan,' zei hij
en hij sloeg Daan op zijn rug. Blij liep Daan terug naar
zijn eigen helft. Hij had gescoord in zijn allereerste wedstrijd voor vv Almia. En het was nog een mooi doelpunt
ook.

HOOFDSTUK 12. KUS VAN MELISSA

In de tweede helft bleef het heel lang spannend. Daan had nog een kans gekregen, maar net naast geschoten en ook Almse Boys had een paar keer bijna gescoord. Daan was in de tweede helft ook weer een keer gewisseld, maar nu stond hij in het veld. Samen met Melissa stond hij in de voorhoede en Ismael speelde nu op het middenveld. Er was nog één minuut te spelen. Ismael had de bal en pingelde voorbij twee spelers van Almse Boys. Daan was naar de zijkant van het veld gelopen en stond bij de zijlijn. Hij stak zijn hand in de lucht om aan Ismael te laten zien dat hij vrij stond. Gelukkig speelde die de bal naar Daan. Het doel was nu echt te ver weg om te schieten. Hij dribbelde met de bal aan zijn voet naar het doel toe. Er stond nog één verdediger tussen Daan en het doel in. Melissa stond aan de andere kant helemaal vrij, maar de verdediger stond tussen hen in. Daan kon de bal dus niet naar haar toe spelen. Hij kon nu schieten, maar ook proberen de verdediger voorbij te spelen. Hij besloot het laatste te doen en dat lukte heel goed. Nu had hij alleen de keeper nog voor zich. In de verte hoorde Daan de

ouders roepen en ook Hidde schreeuwde aanmoedigingen zijn kant op.

De keeper kwam zijn doel uit en Daan was van plan om op doel te schieten toen hij Melissa hoorde roepen: 'Hier, Daan, hier.'

Daan zag dat ze helemaal vrij stond en als hij de bal bij haar zou krijgen, had ze een leeg doel voor zich. Met de binnenkant van zijn voet speelde Daan de bal voor de keeper langs naar Melissa. Ze stopte de bal eerst en schoot hem toen het lege doel in. Vanaf de kant klonk gejuich en Melissa rende gillend van vreugde weg. Al haar teamgenoten liepen achter haar aan en samen vierden ze een klein feestje op het veld.

Almse Boys trapten nog wel af, maar vlak daarna was het afgelopen en konden de spelers en speelsters van VV Almia opnieuw juichen. Ze gaven hun tegenstanders een hand en Remy feliciteerde Daan ook. 'Mooi doelpunt,' zei hij erbij. Dat vond Daan erg sportief van Remy.

In de kleedkamer was het groot feest. Hidde was ook erg blij en Ismael herinnerde hem even aan hun afspraak. 'Nu mogen we volgend seizoen naar FC Aetsveld,' zei hij.

Hidde kneep zijn ogen een beetje dicht. 'Tja,' zei hij. 'Dat heb ik beloofd, dus dat is waar.' Ze juichten allemaal opnieuw en hosten door de kleedkamer.

Daan deed gewoon met zijn nieuwe teamgenoten mee.

Het was nu net alsof hij al heel lang in dit team speelde.

'Mooi doelpunt, Daan,' zei Ismael.

'En een mooie voorzet,' zei Melissa. Ze stond naast Daan en gaf hem zomaar een kus op zijn wang. Daan kreeg er een rood hoofd van.

In de kantine was het gezellig. Daan stond bij papa en mama toen Remy naar hem toe kwam lopen. 'Spannende wedstrijd,' zei hij.

'Zeker,' antwoordde Daan.

'Ik wist niet dat jij zo goed kon voetballen,' ging Remy verder.

Daan lachte alleen maar.

'En dat je zo hard kon schieten,' zei Remy.

'In Worssel noemden ze me Kief de goaltjesdief,' zei Daan.

'Dat snap ik wel,' zei Remy lachend. 'Maandag mag je gewoon met ons meespelen op het schoolplein.'

'Leuk,' zei Daan. Hij voelde zich blij worden vanbinnen.

'Maar dan zit je wel in mijn ploeg,' zei Remy. 'Een goaltjesdief kun je maar beter in je eigen team hebben.'

Een nieuw avontuur ...

In het volgende deel kan het elftal van Kief naar de belangrijke wedstrijd van FC Aetsveld tegen Arsenal. Van Hidde
krijgen ze kaartjes, maar die zijn ineens verdwenen. Kief
probeert er samen met Melissa alles aan te doen om ze terug te vinden.

Ondertussen speelt het elftal van Kief tegen de concur-
rent. Een overwinning zou hen dicht bij het kampioen-
schap brengen.

Of Kief zijn naam als goaltjesdief kan waarmaken, lees je
in het tweede deel.